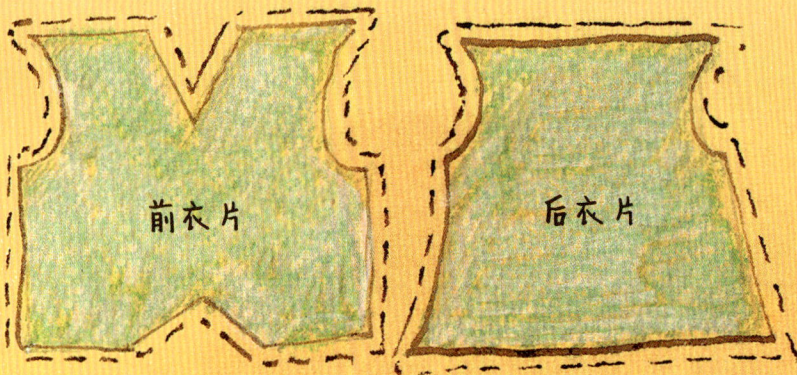

前衣片

后衣片

卷出尖顶

尖顶帽

裁剪两个，并加上

内衬

根据脑袋的尺寸裁剪

衣领（丝绸）

男孩的
小精灵服饰

采用全棉斜纹面料

左侧鞋底

右侧鞋底

松紧条带

短裤
裁剪两面

左脚鞋子

裁剪出 2 面

鞋前邦

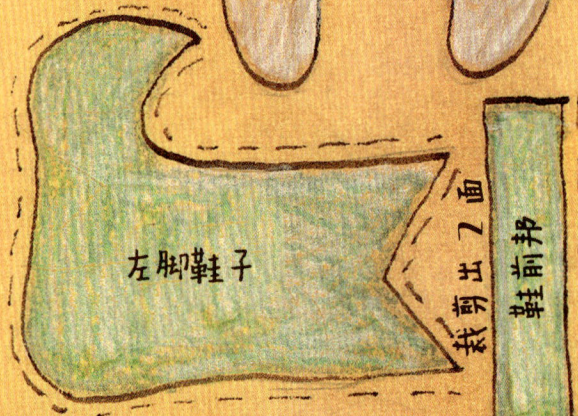

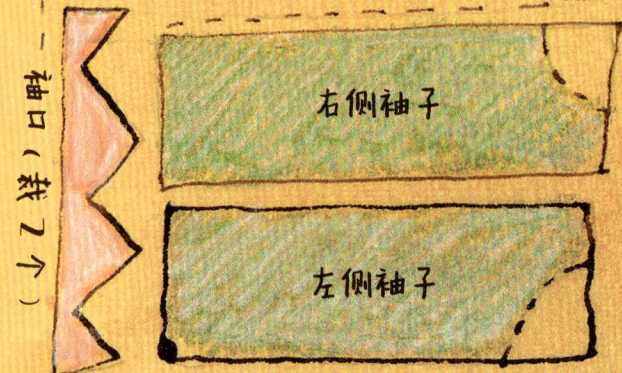

（裁剪 2 片）

袖口

右侧袖子

左侧袖子

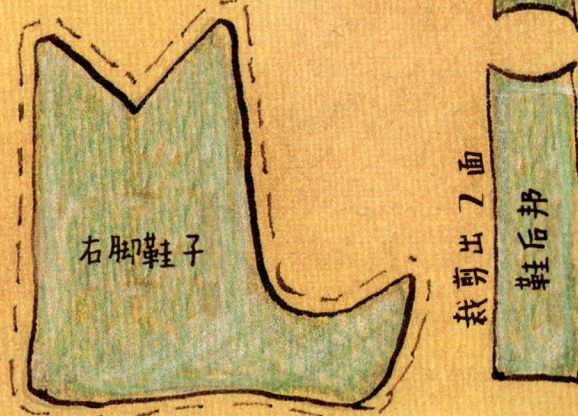

右脚鞋子

裁剪出 2 面

鞋后邦

后衣片

后衣片

前衣片

前衣片

袖子

袖子

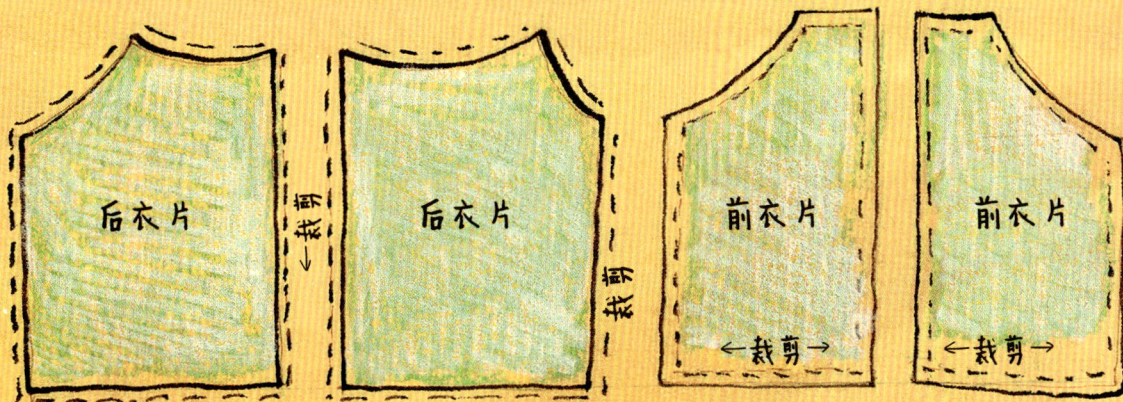

女孩的
小精灵服饰

采用高品质缎面
（精灵翅膀用薄纱网）

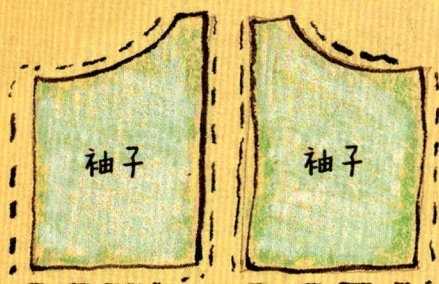

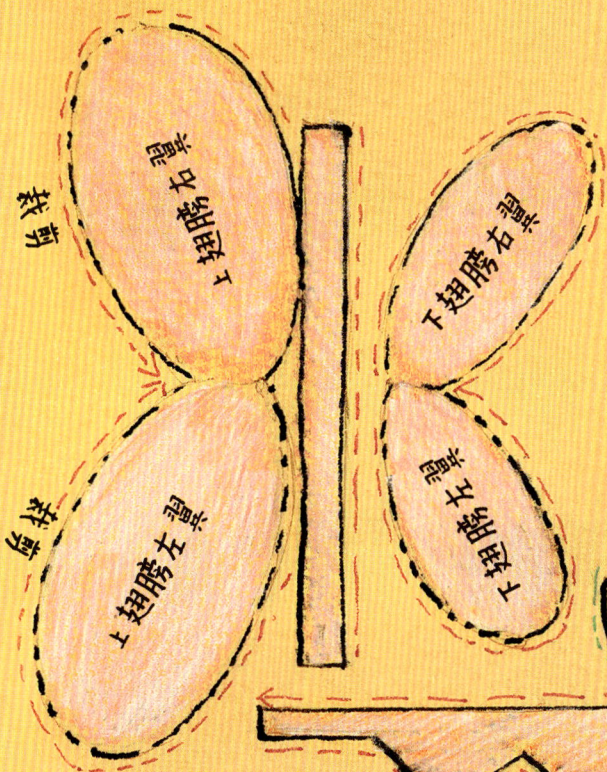

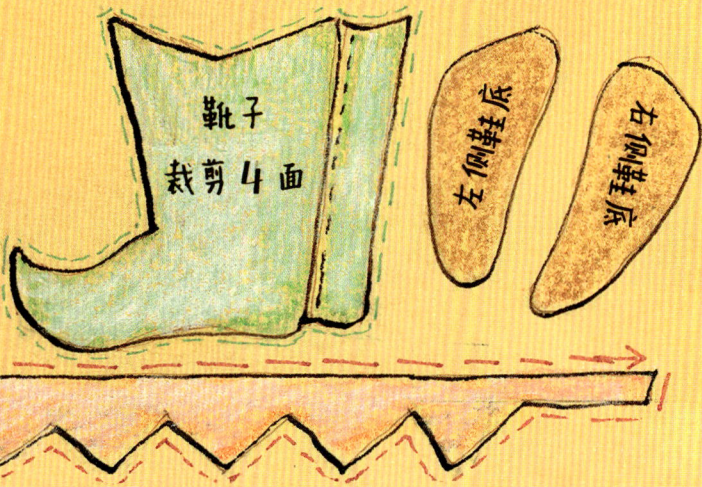

上衣后背

裙子前片

上翅膀右翼半

下翅膀右翼半

上翅膀左翼半

下翅膀左翼半

裁剪

样条

靴子
裁剪4面

左侧鞋主底

右侧鞋主底

裁剪

裁剪

裁剪

←裁剪→

←裁剪→

←裁剪→

山东省版权局著作权合同登记号　图字：15-2022-171

图书在版编目（CIP）数据

菲力变勇敢 /（美）罗斯玛丽·威尔斯著；高勤芳译 . — 青岛：青岛出版社，2023.5
（大师给孩子的勇敢力培养绘本：菲力和费娜不怕长大；6）
ISBN 978-7-5736-0966-3

Ⅰ.①菲… Ⅱ.①罗… ②高… Ⅲ.①儿童故事 – 图画故事 – 美国 – 现代 Ⅳ.① I712.85

中国国家版本馆 CIP 数据核字 (2023) 第 067511 号

DASHI GEI HAIZI DE YONGGAN LI PEIYANG HUIBEN: FEILI HE FEINA BU PA ZHANGDA
书　　　名　大师给孩子的勇敢力培养绘本：菲力和费娜不怕长大
FEILI BIAN YONGGAN
分　册　名　菲力变勇敢
著　　　者　[美]罗斯玛丽·威尔斯
译　　　者　高勤芳
出版发行　青岛出版社
社　　　址　青岛市崂山区海尔路182号（266061）
本社网址　http://www.qdpub.com
邮购电话　0532-68068091
责任编辑　张佳琳　张小晨
美术编辑　于　洁　李兰香
印　　　刷　青岛海蓝印刷有限责任公司
出版日期　2023年5月第1版　2023年5月第1次印刷
开　　　本　16开（889mm×1194mm）
印　　　张　12
字　　　数　150千
书　　　号　ISBN 978-7-5736-0966-3
定　　　价　150.00元（全6册）

编校印装质量、盗版监督服务电话 4006532017　0532-68068050
建议陈列类别：图画书

大师给孩子的勇敢力培养绘本

菲力和费娜不怕长大

菲力变勇敢

[美]罗斯玛丽·威尔斯 / 著

高勤芳 / 译

青岛出版集团 | 青岛出版社

"菲力，你有好朋友吗？"费娜问。

"没有，我没有好朋友。"菲力回答。

"我能做你的好朋友吗？"费娜问。

"好啊！"菲力回答。

　　"那就说定啦!"费娜说,"我们一起参加才艺表演吧!"

　　"才艺表演?"菲力问。

　　"很简单的,"费娜说,"我们肯定能拿第一名!"

"能行吗？"菲力问。

"我们唱《精灵花园》这首歌吧！"费娜说。

"我们一定要参加表演吗？"菲力问。

"对啊，好朋友做什么事都要一起呀！"费娜说。

菲力不想失去费娜这个好朋友，于是他对妈妈说，自己要在才艺表演中扮演一个小精灵。

　　妈妈拿出了针线盒。

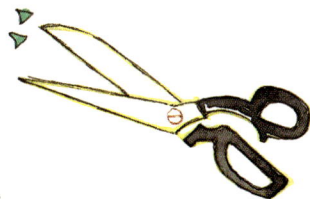

咔嚓、咔嚓，剪刀剪起来，

咔哒、咔哒，缝纫机转起来。

不一会儿，菲力的小精灵帽子、绿色套装、

尖头鞋子就做好了。

费娜正等着菲力呢。

"我们得排练一下。"费娜说。

于是她教菲力唱《精灵花园》这首歌。

费娜还教菲力跳踏步舞，

又穿上演出服排练。

才艺演出精彩极了。

观众们纷纷投票，《精灵花园》得了第一名。

菲力感到无比自豪。

可是菲力没想到，麻烦才刚刚开始。

米奇、巴基，还有小酒窝，在学校操场上等着菲力。

"瞧，翩翩起舞的人来喽！"他们大喊大叫。

巴基大声唱："我的汤里有个小精灵。"

小酒窝嘲笑菲力的踏步舞。

米奇把一块黏黏的东西粘到了菲力的衣服上。

菲力赶紧跑回家。

"我的小宝贝，这是怎么啦？"妈妈问。

菲力把三个捣蛋鬼欺负他的事告诉了妈妈。

"菲力，我的宝贝，你可不能任人欺负。"妈妈说。

可是菲力不知道怎样才能不被欺负。

米奇把菲力运动鞋的
鞋带打了个结系在了一起。

"我们来跳个舞吧？"
小酒窝唱起来。

巴基把一只会唧唧叫的
塑料蟋蟀塞进了菲力的鸡蛋
沙拉三明治里。

　　"菲力，你真是个受气包。"吃午饭的
时候，费娜对菲力说。

　　菲力也不想当一个受气包。

　　"看我的！"费娜说。

　　费娜狠狠盯着米奇、巴基，还有小酒窝，
直到他们灰溜溜地溜走。

　　"我可不敢这样……"菲力说。

　　"我'穿'着魔法盔甲呢！"费娜说。

　　"我怎么看不出来？"菲力说。

　　"是'透明'的，"费娜说，"我还有一件！"

费娜把菲力带到家里，给了他一套"魔法盔甲"。
"来吧，穿上它！"费娜说。

"菲力，你看起来非常勇敢。"费娜说。

"嗯！"穿上盔甲的菲力突然感觉自己不再胆小了。

  第二天去学校的路上，菲力想象着自己穿着盔甲、拿着长矛，把胸脯挺得高高的。

  在清晨阳光的照耀下，菲力觉得自己非常勇敢。

  "瞧，精灵先生来喽。"小酒窝咯咯地笑。

  "走开！"菲力大声说。

透过隐形面罩，菲力狠狠瞪了三个捣蛋鬼一眼。

嗖！菲力把隐形长矛射向人行道。

当！菲力把隐形铁手臂砸在地上。

那三个捣蛋鬼被吓坏了，立刻跑得无影无踪。

菲力连忙去告诉费娜。

菲力还没来得及张口，费娜就说：

"哦，菲力，下次节日演出，我们穿一模一样的纸杯蛋糕演出服吧！"

这一次，菲力知道自己可以更勇敢。

"不如我们扮成喷火鳄鱼去表演吧！"菲力提议。

喷火鳄鱼服饰

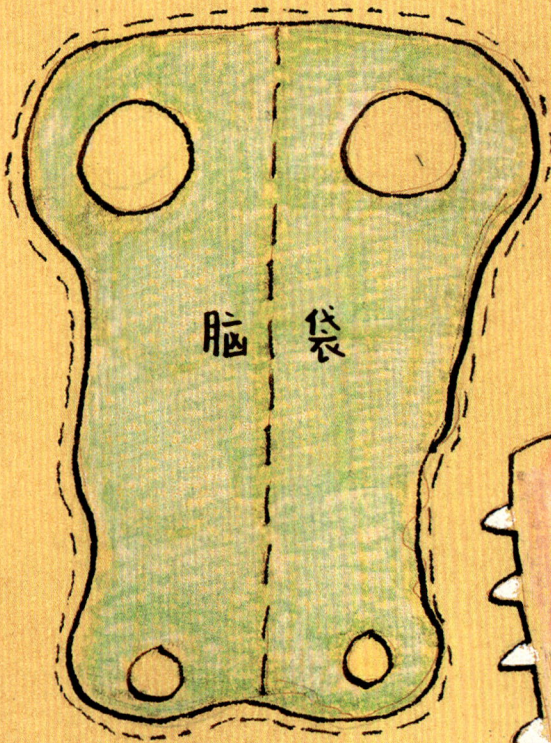

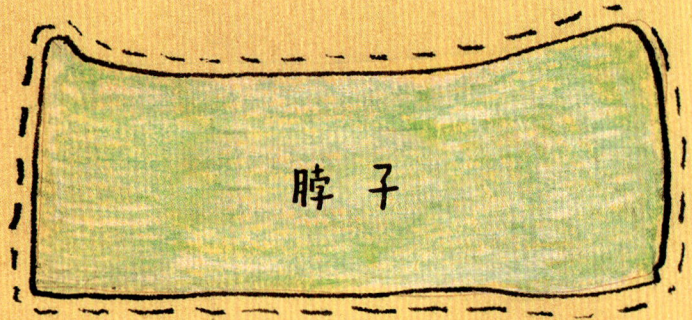

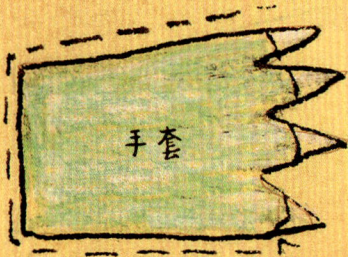

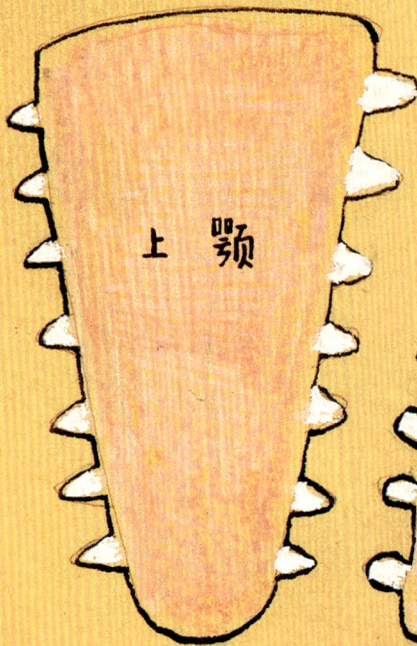

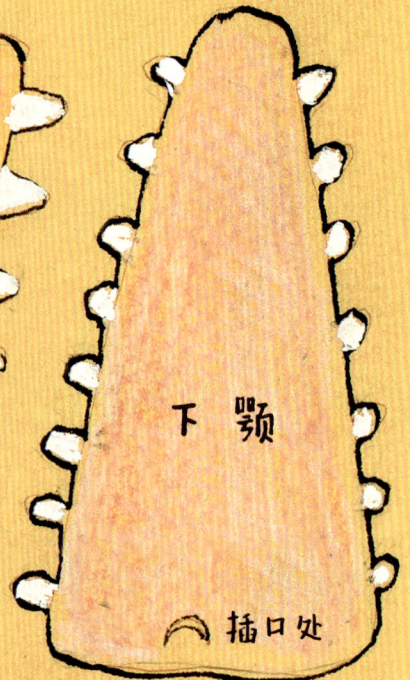

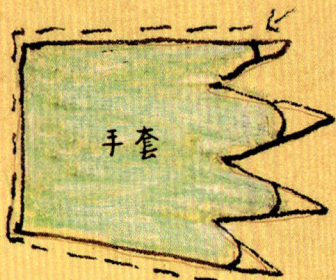

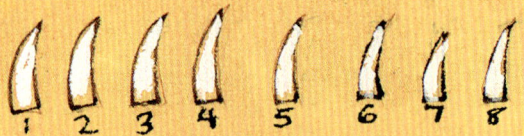

脑袋

脖子

上颚

下颚

插口处

手套

手套

爪子（用贝壳做成）

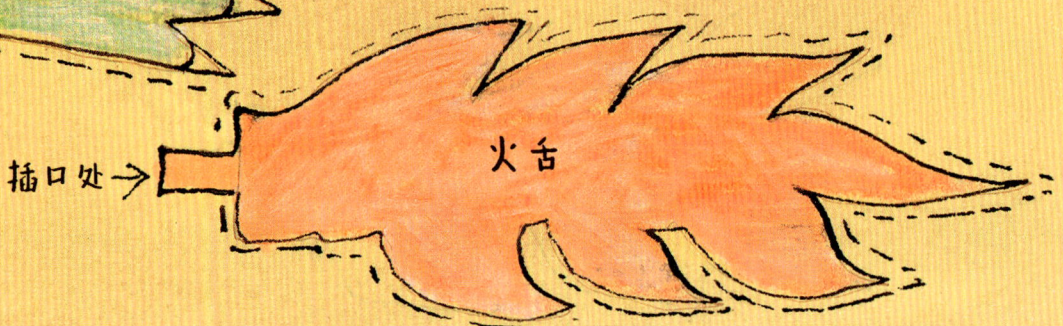

1 2 3 4 5 6 7 8

插口处→

火舌

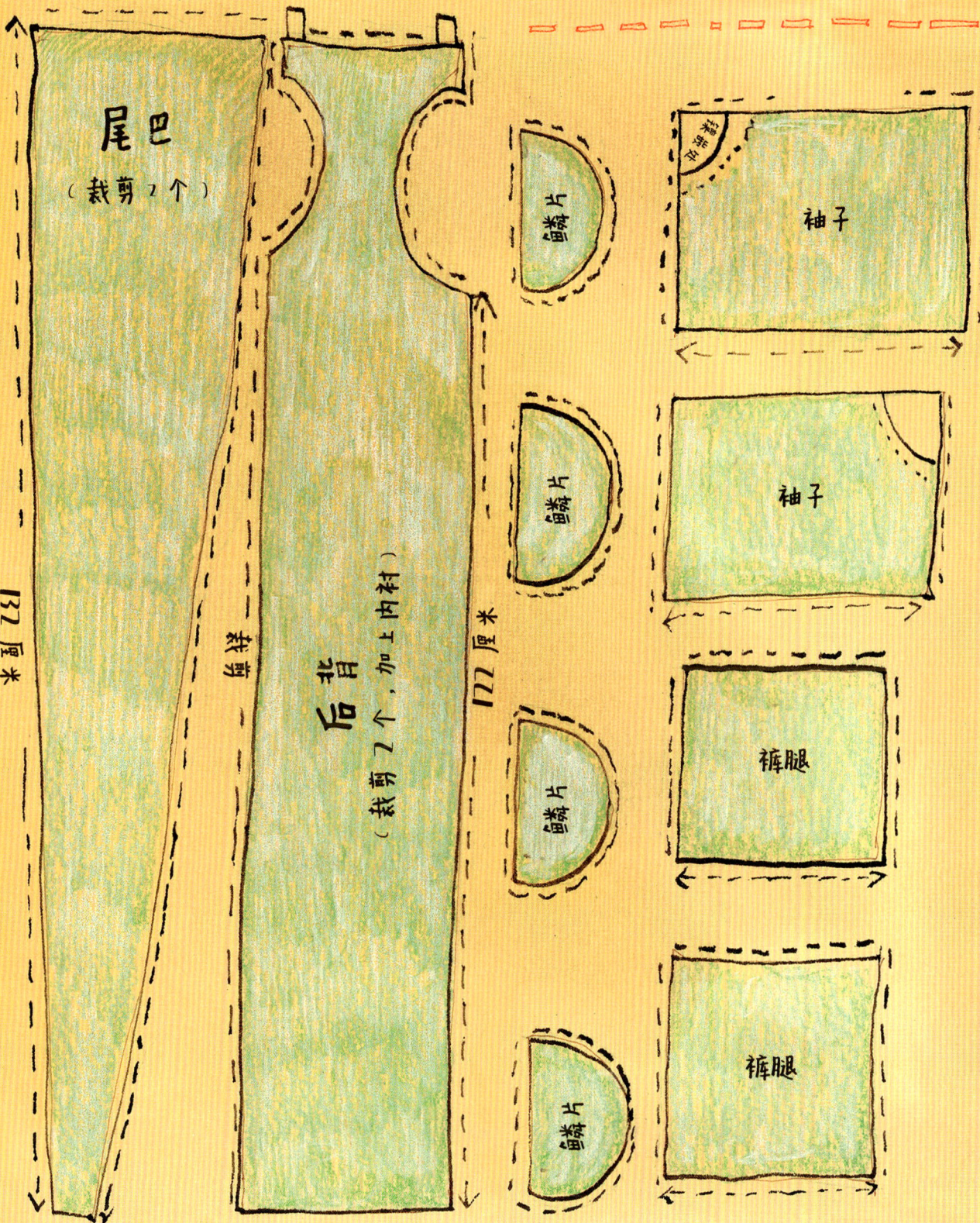

用高质量的毛毡、丝绸制作嘴巴，
用贝壳制作牙齿

25.4 厘米

尾巴
（裁剪 2 个）

132 厘米

裁剪

后背
（裁剪 2 个，加上内村）

122 厘米

鳞片

鳞片

鳞片

鳞片

袖子

袖子

裤腿

裤腿

"火山爆发" 实验

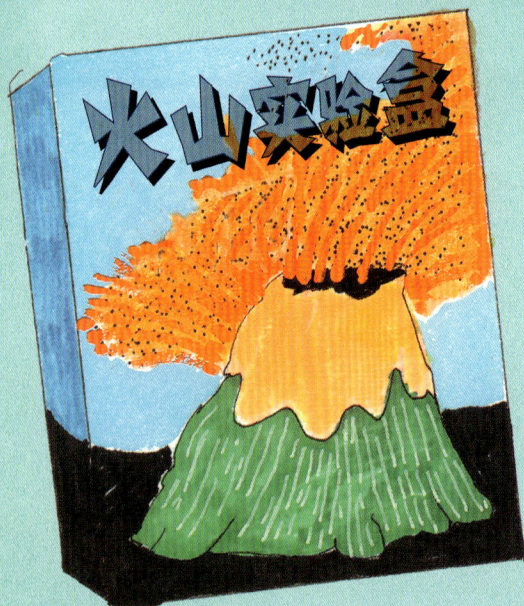

岩浆

1、打开火山实验盒；

2、将岩浆碗放在纸盒里；

5、将报纸撕成条状，放在碗里和面糊混合；

6、将混合了纸条的面糊涂到圆锥形金属网上；

3、把金属网卷成圆锥形，放入纸盒中；

4、混合2勺面粉、2勺水，制作面糊；

7、在火山外面涂色；

8、往火山口中倒入催化剂和即时岩浆。砰！火山爆发啦！

山东省版权局著作权合同登记号　图字：15-2022-171号

图书在版编目（CIP）数据

费娜尿裤子 /（美）罗斯玛丽·威尔斯著；高勤芳译 . — 青岛：青岛出版社，2023.5
（大师给孩子的勇敢力培养绘本：菲力和费娜不怕长大；3）
ISBN 978-7-5736-0966-3

Ⅰ . ①费… Ⅱ . ①罗… ②高… Ⅲ . ①儿童故事 – 图画故事 – 美国 – 现代 Ⅳ . ① I712.85

中国国家版本馆 CIP 数据核字 (2023) 第 067179 号

DASHI GEI HAIZI DE YONGGAN LI PEIYANG HUIBEN: FEILI HE FEINA BU PA ZHANGDA
书　　　名　大师给孩子的勇敢力培养绘本：菲力和费娜不怕长大
FEINA NIAO KUZI
分 册 名　**费娜尿裤子**
著　　者　[美]罗斯玛丽·威尔斯
译　　者　高勤芳
出版发行　青岛出版社
社　　址　青岛市崂山区海尔路182号（266061）
本社网址　http://www.qdpub.com
邮购电话　0532-68068091
责任编辑　张佳琳　　张小晨
美术编辑　于　洁　　李兰香
印　　刷　青岛海蓝印刷有限责任公司
出版日期　2023年5月第1版　　2023年5月第1次印刷
开　　本　16开（889mm×1194mm）
印　　张　12
字　　数　150千
书　　号　ISBN 978-7-5736-0966-3
定　　价　150.00元（全6册）

编校印装质量、盗版监督服务电话 4006532017　0532-68068050
建议陈列类别：图画书

大师给孩子的勇敢力培养绘本

菲力和费娜不怕长大

费娜尿裤子

［美］罗斯玛丽·威尔斯 / 著

高勤芳 / 译

青岛出版集团 | 青岛出版社

　　费娜和她的好朋友菲力搭建了一座"火山"，他俩准备在学校的展示课上演示"火山爆发"。

　　睡觉前，费娜把印花裙、太阳图案的小内裤，还有红色的新鞋子整整齐齐地摆在床前。

　　第二天起床后，费娜对妈妈说的都是关于火山的话题。

　　"海水沸腾起来，天空变得一片昏暗！"费娜说。

　　"你去过厕所了吗？"妈妈问。

　　"去过了，去过了，妈妈。"费娜回答。

“你确定？”妈妈问。

“是的，是的！”费娜回答。

其实费娜并没有去过厕所。

在校车上，费娜自言自语："等校车到达学校，我还有足够的时间跑到厕所。"可是今天校车晚点了。

这时，菲力头顶着"火山"，摇摇晃晃地走了过来。

丁零零，上课铃响了。

费娜没时间去厕所了。

　　菲力和费娜坐在教室后排，等着波老师喊
他们上台。
　　但波老师先请维克托上台。

演示台

维克托为大家表演了"魔法金鱼"。

精彩的表演持续了好一会儿。

接着，波老师请贝瑟尼上台。

贝瑟尼用尤克里里演奏了一曲《夏威夷的假日》。

这时，费娜举起手，示意要去厕所。

可是厕所里有人。

"快出来，快出来！"费娜低声说。

就是没人出来。

"下面请菲力和费娜为我们演示'火山爆发'！"费娜听见波老师大声说。

费娜小心翼翼地把"岩浆"倒入火山口中。
菲力倒入了催化剂。

　　“砰”的一声，“岩浆”一下子喷涌而出，
亮闪闪的烟雾直往上飘。

　　就在这时，费娜尿裤子了。

大家都看到费娜尿裤子了。

费娜尴尬极了，恨不得找一个地洞钻进去。

费娜把太阳图案的小内裤扔进了垃圾桶，飞快地跑到休息区。

她钻进豆子布袋间的缝隙里，不想被人看见。

菲力找到了费娜。

"我再也不出来了！"费娜大声说，"永远也不出来！"

"别担心，"菲力说，"每个人都会发生这样的事！就连最最厉害的人也不例外。"

　　"全班同学会一直笑话我的，会笑一百年！"费娜说。

　　"他们早就忘得一干二净了！"菲力说。

　　费娜一点一点地从豆子布袋间钻出来。

　　"欢迎回来，费娜！"波老师说。

　　波老师手里拿着一个密封袋，里面装着一条干净的风铃草图案的小内裤。"这是你妈妈送来的。"波老师告诉费娜。

　　费娜穿上了新内裤。

费娜鼓起勇气，回到了教室里。

没有一个同学注意费娜。

大家正津津有味地看维克托的魔术表演——
他让一条金鱼跳进了他的嘴里。

"他吞掉了金鱼！"汉弗莱惊讶地叫出声。

波老师还没来得及去叫校医，就听见维克托大吼一声"出去"*，金鱼就跳回了鱼缸里。

*魔术表演请勿模仿。

21

一整天，全班同学叽叽喳喳讨论的都是维克托
吞金鱼的事情。

“好像没人记得我尿裤子了！”费娜说。

23

"对呀！"菲力说，"用不了五十秒他们就忘记了！"

"四十九点五秒！"费娜说。

"火山爆发"实验

火山实验盒

1、打开火山实验盒；

岩浆

2、将岩浆碗放在纸盒里；

5、将报纸撕成条状，放在碗里和面糊混合；

6、将混合了纸条的面糊涂到圆锥形金属网上；

3、把金属网卷成圆锥形，
放入纸盒中；

4、混合2勺面粉、2勺水，
制作面糊；

7、在火山外面涂色；

8、往火山口中倒入催化剂和即
时岩浆。砰！火山爆发啦！

山东省版权局著作权合同登记号　图字：15-2022-171号

图书在版编目（CIP）数据

费娜说谎了 /（美）罗斯玛丽·威尔斯著；高勤芳译 . —青岛：青岛出版社，2023.5
（大师给孩子的勇敢力培养绘本：菲力和费娜不怕长大；4）
ISBN 978-7-5736-0966-3

Ⅰ . ①费… Ⅱ . ①罗… ②高… Ⅲ . ①儿童故事 – 图画故事 – 美国 – 现代 Ⅳ . ① I712.85

中国国家版本馆 CIP 数据核字 (2023) 第 067180 号

DASHI GEI HAIZI DE YONGGAN LI PEIYANG HUIBEN: FEILI HE FEINA BU PA ZHANGDA
书　　名　大师给孩子的勇敢力培养绘本：菲力和费娜不怕长大
　　　　　FEINA SHUOHUANG LE
分 册 名　费娜说谎了
著　　者　[美]罗斯玛丽·威尔斯
译　　者　高勤芳
出版发行　青岛出版社
社　　址　青岛市崂山区海尔路182号（266061）
本社网址　http://www.qdpub.com
邮购电话　0532-68068091
责任编辑　张佳琳　张小晨
美术编辑　于　洁　李兰香
印　　刷　青岛海蓝印刷有限责任公司
出版日期　2023年5月第1版　2023年5月第1次印刷
开　　本　16开（889mm×1194mm）
印　　张　12
字　　数　150千
书　　号　ISBN 978-7-5736-0966-3
定　　价　150.00元（全6册）

编校印装质量、盗版监督服务电话 4006532017　0532-68068050
建议陈列类别：图画书

大师给孩子的勇敢力培养绘本
菲力和费娜不怕长大

费娜说谎了

[美] 罗斯玛丽·威尔斯 / 著

高勤芳 / 译

青岛出版集团 | 青岛出版社

　　费娜嚷嚷着要做菲力生日会上的小精灵，她激动得差点从椅子上摔下去。

　　"我要做小精灵，我要做小精灵！"费娜大声说。

　　"当然是你啦！"菲力说。

波老师给费娜的
妈妈写了张便条，请
她为菲力的生日会做
纸杯蛋糕。

亲爱的费娜妈妈：
　　明天费娜将扮演菲
力的生日精灵。
　　请帮助她为我们班
的同学烘焙纸杯蛋糕，并
请一早带来。

波老师

　　放学回家的路上，菲力告诉妈妈，费娜要做他的生日精灵。

　　"她知道我喜欢香草味的纸杯蛋糕。"菲力说，"上面要撒上树莓糖霜和柠檬碎。"

在回家的路上，费娜被一只毛毛虫吸引住了。
做生日精灵的事，她忘得一干二净。
波老师的便条也不知道丢到哪里去了。

第二天一早，费娜两手空空，一蹦一跳地走进学校。

这时，菲力穿着新衬衫和新裤子，走了进来。
"哦，天哪！"费娜尖声叫起来。

菲力正开心地来迎接他的生日纸杯蛋糕呢。

费娜不忍心让她最好的朋友失望。

　　"你的生日纸杯蛋糕被偷了！"费娜说。

　　菲力大吃一惊。"啊，那我们能找回来吗？"
菲力问。

　　"哦，已经晚了！"费娜说。

"小偷们一把抓过纸杯蛋糕，然后狼吞虎咽，吃得一个也不剩！"

费娜听得见菲力的心咚地沉了下去。

"我也没有办法！"她继续说，"有三个小偷，而我只是一个这么小的小孩。"

　　"小偷？"波老师吃惊地说，"狼吞虎咽？"

　　"他们吃起东西来就像野兽。"费娜说，"他们嚼东西时发出可怕的声音！"

　　"谁会这样贪婪呢？"波老师问。

费娜深深吸了一口气。"米奇、小酒窝，还有巴基，就是他们！"费娜说。

大家都知道他们三个是中班的捣蛋鬼。

波老师连忙跑去找中班的布克老师。

"我昨天晚上梦见纸杯蛋糕了，"菲力说，
"还闻到了柠檬碎的香味呢！"

费娜躺到了一块小地毯上。
菲力感到费娜似乎遇到了麻烦事。

过了一会儿，三个捣蛋鬼拖拉着步子走进教室。

"是他们偷了纸杯蛋糕吗？"布克老师问。

费娜整个人都僵住了。

菲力握住菲娜的手，凑在她耳边悄悄说着什么。

"不是他们。"费娜回答，"是鳄鱼小偷偷了纸杯蛋糕！鳄鱼小偷的名字也叫米奇、小酒窝，还有巴基！"

　　"费娜，我们说实话吧！"波老师说，"说出真相，再真诚地道歉，就能解决问题。"

　　费娜听得见身后菲力的呼吸声。

　　费娜低声说："我把做纸杯蛋糕的事忘了。"

费娜真诚地向菲力、波老师，
还有三个捣蛋鬼道歉。

"没有纸杯蛋糕，我们就用燕麦棒来庆祝吧！"波老师说。

这时，一个声音从大厅那边传来。

原来是费娜的妈妈来了。

"我在车里发现了需要制作纸杯蛋糕的字条，"
她说，"于是我就做了一些！"

快 乐 ！

大家为菲力唱起了生日歌。
三个捣蛋鬼唱得最响亮。

他们唱歌的声音真像鳄鱼在沼泽里嚎叫。

菲力对费娜说："快捂住耳朵吧！"

山东省版权局著作权合同登记号　图字：15-2022-171号

图书在版编目（CIP）数据

菲力生病了 /（美）罗斯玛丽·威尔斯著；高勤芳译 . — 青岛：青岛出版社，2023.5
（大师给孩子的勇敢力培养绘本：菲力和费娜不怕长大；1）
ISBN 978-7-5736-0966-3

Ⅰ . ①菲… Ⅱ . ①罗… ②高… Ⅲ . ①儿童故事 – 图画故事 – 美国 – 现代 Ⅳ . ① I712.85

中国国家版本馆 CIP 数据核字 (2023) 第 067175 号

DASHI GEI HAIZI DE YONGGAN LI PEIYANG HUIBEN: FEILI HE FEINA BU PA ZHANGDA

书　　　名	大师给孩子的勇敢力培养绘本：菲力和费娜不怕长大
	FEILI SHENGBING LE
分 册 名	菲力生病了
著　　　者	[美]罗斯玛丽·威尔斯
译　　　者	高勤芳
出版发行	青岛出版社
社　　　址	青岛市崂山区海尔路182号（266061）
本社网址	http://www.qdpub.com
邮购电话	0532-68068091
责任编辑	张佳琳　张小晨
美术编辑	于　洁　李兰香
印　　　刷	青岛海蓝印刷有限责任公司
出版日期	2023年5月第1版　2023年5月第1次印刷
开　　　本	16开（889mm×1194mm）
印　　　张	12
字　　　数	150千
书　　　号	ISBN 978-7-5736-0966-3
定　　　价	150.00元（全6册）

编校印装质量、盗版监督服务电话 4006532017　0532-68068050
建议陈列类别：图画书

大师给孩子的勇敢力培养绘本

菲力和费娜不怕长大

菲力生病了

[美] 罗斯玛丽·威尔斯 / 著

高勤芳 / 译

青岛出版集团 | 青岛出版社

该睡觉了，菲力却吃了好多巧克力糖，迟迟不肯上床。

第二天一早，妈妈给菲力做了松饼。

"我不想吃……"菲力说。

"菲力，你的脸色不太好！"妈妈说。

“你需要暖和暖和！”

妈妈给菲力泡了一杯甘菊茶，并把他抱到沙发上。

"好点了吗？"妈妈问。

"没有。"菲力回答。

妈妈给他吃了几颗糖渍李子。

"吃了就有精神啦！"妈妈说。

“出去呼吸点新鲜空气就好了！”妈妈说。

妈妈把菲力裹得严严实实的，让他坐在屋外的
小踏板车上。

　　妈妈在窗口侧耳听了一会儿，却一直没听到
菲力发动车子的声音。

"我的小菲力一定生病了！"妈妈连忙给医生打电话。

"快把他送过来。"鸭子医生说。

"别怕，我的小乖乖。"妈妈安慰菲力。

但菲力心里还是怕怕的。

菲力担心医生会让妈妈到外面等，只留他
一个人面对医生。

行医资格证

鸭子
医生

不过鸭子医生没有让妈妈离开。

他让妈妈一直陪在菲力身边。

鸭子医生听了听菲力的心跳，

又检查了菲力的耳朵，还量了一下体温。

然后，鸭子医生喂菲力吃了两勺开胃药，
对他说："记得明天一早给我打电话。"

回家的路上，菲力睡着了。

25

菲力到家也没有醒过
来，直到闻到了黄油面包
和柠檬茶的香味，他才睁
开眼睛。

"明天我要去看马戏、看电影，
还要去游乐园！"菲力说。

"要不要去划船和野餐呢？"妈妈问。

"都要！都要！"菲力大声说。

山东省版权局著作权合同登记号　图字：15-2022-171号

图书在版编目（CIP）数据

菲力不担心 / （美）罗斯玛丽·威尔斯著；高勤芳译 . —青岛：青岛出版社，2023.5
（大师给孩子的勇敢力培养绘本：菲力和费娜不怕长大；2）
ISBN 978-7-5736-0966-3

Ⅰ . ①菲… Ⅱ . ①罗… ②高… Ⅲ . ①儿童故事－图画故事－美国－现代 Ⅳ . ① I712.85

中国国家版本馆 CIP 数据核字 (2023) 第 067513 号

DASHI GEI HAIZI DE YONGGAN LI PEIYANG HUIBEN: FEILI HE FEINA BU PA ZHANGDA
书　　名　大师给孩子的勇敢力培养绘本：菲力和费娜不怕长大
FEILI BU DANXIN
分 册 名　菲力不担心
著　　者　[美]罗斯玛丽·威尔斯
译　　者　高勤芳
出版发行　青岛出版社
社　　址　青岛市崂山区海尔路182号（266061）
本社网址　http://www.qdpub.com
邮购电话　0532-68068091
责任编辑　张佳琳　张小晨
美术编辑　于　洁　李兰香
印　　刷　青岛海蓝印刷有限责任公司
出版日期　2023年5月第1版　2023年5月第1次印刷
开　　本　16开（889mm×1194mm）
印　　张　12
字　　数　150千
书　　号　ISBN 978-7-5736-0966-3
定　　价　150.00元（全6册）

编校印装质量、盗版监督服务电话 4006532017　0532-68068050
建议陈列类别：图画书

 大师给孩子的勇敢力培养绘本

菲力和费娜不怕长大

菲力不担心

[美] 罗斯玛丽·威尔斯 / 著

高勤芳 / 译

青岛出版集团 | 青岛出版社

妈妈给菲力穿好了睡衣，
又给他讲了一个好听的故事。

她接着给菲力喝了一杯维生素水，也为玩偶们盖好了被子。

　　菲力开心又满足地进入了梦乡。

5

当整个世界都在沉睡时，
有人敲了敲菲力房间的窗户。
是担心小人儿！

担心小人儿一下子跳进来，
坐在了菲力的床头。
　　"你的牙齿上有一颗小黑斑，
真叫人担心！"担心小人儿说。
　　菲力顿时不开心了。

菲力和担心小人儿一直在
为这颗小黑斑担心着，直到清
晨太阳升起。

"再见！"担心小人儿说。

吃早餐前，菲力把牙齿上
长小黑斑的事告诉了妈妈。

妈妈仔细瞧了瞧菲力的牙齿。

"每一颗牙齿都雪白雪白的。"妈妈说，
"我的小宝贝，不要担心啦！"

这一整天，菲力都没有再见到担心小人儿。

睡觉前，菲力喝了一杯维生素水。

"明天我们要去公园野餐。"妈妈说，
"一定有趣极了！"

可是到了半夜……

笃！　　　笃！

笃！

"你可别忘了，"担心小人儿对菲力说，"布鲁诺和那几个大男孩肯定会扒掉你的裤子，丢到树上。"
　　菲力又担心了一晚上。

去公园的路上，菲力
告诉妈妈布鲁诺会恶作剧，
把他的裤子丢到树上。

可是在这周围，连布鲁诺和其他几个大男孩的影子都看不到。

　　"不用担心，我的小乖乖。"妈妈安慰菲力。

"明天是你的生日。"妈妈说，"你
有什么心事吗？"

　　"没有，妈妈，"菲力说，"我没有
心事啊。"

　　"真的吗？"妈妈问。

　　"真的，真的，是真的。"菲力回答。

　　可是到了半夜，担心小人儿又来找菲
力了。

"说不定根本没人来参加你的
生日聚会。"担心小人儿说。

"说不定你会收到一些你不喜欢的礼物：吓人的玩具、根本看不懂的书，还有不合身的衣服……什么事都有可能发生！"

突然，菲力听到了一个特别的声音。

汪！
汪！
汪！

这个声音持续不断。

"这个声音真叫人担心。"担心小人儿说。

"我不担心了。"菲力说，"我要去看看是怎么回事。"

客厅里有一个生日礼盒。

汪！ **汪！**

汪！

这个声音就是从盒子里传出来的。

菲力打开盒子。

"哦，不要啊！"担心小人儿说，
"我最最最最害怕的就是狗！"

担心小人儿跳入夜幕中，去找
别的爱担心的孩子了。

菲力和小狗一起进入了甜蜜的
梦乡，嘴角挂着开心的微笑。

维生素

山东省版权局著作权合同登记号　图字：15-2022-171号

图书在版编目（CIP）数据

菲力不挑食 /（美）罗斯玛丽·威尔斯著；高勤芳译 . — 青岛：青岛出版社，2023.5
（大师给孩子的勇敢力培养绘本：菲力和费娜不怕长大；5）
ISBN 978-7-5736-0966-3

Ⅰ . ①菲… Ⅱ . ①罗… ②高… Ⅲ . ①儿童故事 – 图画故事 – 美国 – 现代 Ⅳ . ① I712.85

中国国家版本馆 CIP 数据核字 (2023) 第 067515 号

DASHI GEI HAIZI DE YONGGAN LI PEIYANG HUIBEN: FEILI HE FEINA BU PA ZHANGDA

书　　　名　大师给孩子的勇敢力培养绘本：菲力和费娜不怕长大
　　　　　　FEILI BU TIAOSHI
分　册　名　菲力不挑食
著　　　者　[美] 罗斯玛丽·威尔斯
译　　　者　高勤芳
出版发行　青岛出版社
社　　　址　青岛市崂山区海尔路182号（266061）
本社网址　http://www.qdpub.com
邮购电话　0532-68068091
责任编辑　张佳琳　张小晨
美术编辑　于　洁　李兰香
印　　　刷　青岛海蓝印刷有限责任公司
出版日期　2023年5月第1版　2023年5月第1次印刷
开　　　本　16开（889mm×1194mm）
印　　　张　12
字　　　数　150千
书　　　号　ISBN 978-7-5736-0966-3
定　　　价　150.00元（全6册）

编校印装质量、盗版监督服务电话 4006532017　0532-68068050
建议陈列类别：图画书

大师给孩子的勇敢力培养绘本

菲力和费娜不怕长大

菲力不挑食

[美] 罗斯玛丽·威尔斯 / 著

高勤芳 / 译

青岛出版集团 | 青岛出版社

　　菲力每天都带同样的三明治到学校。

　　黄油燕麦面包配甘蓝，他吃得可开心了，一点儿也不想吃别的食物。

　　菲力的好朋友费娜，大口大口地吃蘸了辣椒酱的玉米卷饼。

　　"菲力，你应该吃点别的。"费娜说。

　　菲力才不要呢。

　　午餐后收拾垃圾的时候，费娜提醒菲力："今天是你来我家住的日子，不要忘了啊！"

　　"哦，是的！"菲力说，"你妈妈会做我最爱吃的意大利面和奶酪，像以前一样！"

　　下午是波老师的手工课。孩子们要用收集
来的落叶做手工。

　　"今天是我的生日，我们要一起去餐馆庆
祝哦。"费娜轻声对菲力说。

菲力用红枫叶做了一幅拼贴画，波老师奖励他一个金色五角星。

可是菲力正在为去餐馆吃饭这件事发愁。

他希望能去吉诺餐厅，因为那里的黄油意大利面是让他放心吃的食物。

　　大家戴上鸟头帽，吹起哨子，模仿起了鸟叫声。

　　就在全班叽叽喳喳叫的时候，菲力却一副心事重重的样子。

　　"我们会去吉诺餐厅吗？"菲力问费娜。

　　"不去！"费娜说，"我们都吃腻了意大利面！我们可能会去香肠小馆。"

　　可是，菲力不爱吃香肠，不爱吃任何捣碎的肉，而且，说不定香肠里还掺着动物肝脏呢。

回家的路上，费娜说："我们也可能去'炸鱼和薯条'店。"

菲力从来没吃过炸鱼和薯条，一听就不是他喜欢吃的东西。

"菲力，你怎么愁眉苦脸的？"费娜问。

"没有啊。"菲力回答。

"你带抱抱熊和雪人睡衣了吗？"费娜又问。

"都带了。"菲力说。

"那就没什么可担心的了。"费娜说。

费娜的妈妈已经在家门口等着他们了，
手里还端着黄油胡萝卜蛋糕。

"这几个蛋糕上面有小疙瘩。"菲力轻声说。

菲力把蛋糕上的开心果仁、葡萄干都挑了出来。

　　费娜的妈妈打电话给龙肚餐厅。她预定了四个人的位置。

　　菲力整个人都僵住了——龙肚餐厅的菜肯定辣极了，会辣到嘴巴冒火。

　　"哇哦！"费娜却兴奋地叫出了声。

　　费娜对菲力说："你可以吃蛋花汤，蛋花汤不咸、不辣，也没有别的东西在里头。"

　　然而，菲力依然提不起兴趣。

在龙肚餐厅，服务员请大家点菜。

"一份海鲜拼盘。"费娜的爸爸说。

"一份素什锦。"费娜的妈妈说。

"我想要木须肉煎饼。"费娜说，"这是我最爱吃的！"

“一份芝士通心粉。”菲力轻轻地说。

“您能再说一遍吗？”服务员说。

“他说他要荷兰豆。”费娜说。

菲力以为那会是冰镇荷兰豆。

可是服务员端上来的是绿油油、亮晶晶、热气腾腾的荷兰豆。

"菲力，张大嘴！"费娜说。

菲力闭上眼睛。费娜把一片荷兰豆放进了菲力的嘴里。

菲力尝了尝，发现荷兰豆的味道好极了，他感觉自己像被夏日的阳光包裹着。

　　菲力把荷兰豆吃了个精光，然后还想吃点什么。

"再试试这个，"费娜说，"这是蘑菇。"

"我不喜欢吃蘑菇。"菲力说。

"你以前吃过吗？没有吃过的话，就要尝一尝哦。"费娜说。

菲力深深吸了一口气。呀，蘑菇真好吃！

接着，菲力吃了茄子、藕、西瓜、小白菜。

他又一大口一大口地吃下了芋头、大白菜、绿豆糕、马蹄，还有鲜虾蛋卷。

然后，他抓起一只螃蟹吃了起来。

"菲力！"费娜说，"你已经吃了十二种新的食物啦！"

服务员端上来插着生日蜡烛的幸运饼干。
大家给费娜唱起了生日歌。

　　坐车回家的路上，他们还在唱，一直唱到上床睡觉。

　　"明天，我要把剩下的木须肉煎饼带到学校当午餐。"费娜说。

　　"菲力，"费娜问，"你的幸运饼干里的
字条上写了什么？"
　　不过，菲力早就睡熟了。

勇敢尝试，你将看到一个新世界。